时间深处

钟长江 著

陕西新华出版传媒集团
太白文艺出版社·西安

图书在版编目（CIP）数据

时间深处 / 钟长江著. -- 西安：太白文艺出版社，2023.1

ISBN 978-7-5513-2269-0

Ⅰ. ①时… Ⅱ. ①钟… Ⅲ. ①诗集 – 中国 – 当代 Ⅳ. ①I227

中国版本图书馆CIP数据核字（2022）第195918号

时 间 深 处
SHIJIAN SHENCHU

作　　者	钟长江
责任编辑	党晓绒
封面设计	阮　强
出版发行	陕西新华出版传媒集团 太 白 文 艺 出 版 社
印　　刷	安康市汉滨区文化印务公司
开　　本	787mm×1092mm　1/16
字　　数	190千字
印　　张	12.5
版　　次	2023年1月第1版
印　　次	2023年1月第1次印刷
书　　号	ISBN 978-7-5513-2269-0
定　　价	48.00元

版权所有　翻印必究
如有印装质量问题，可寄出版社印制部调换
联系电话：029-81206800
出版社地址：西安市曲江新区登高路1388号（邮编：710061）
营销中心电话：029-87277748　　029-87217872

目录

第一辑　倾听岁月

夏天是用来怀念的	/ 003
忆念之秋	/ 004
听雨	/ 006
微凉	/ 007
夜中央	/ 009
昨夜的霜降了一地	/ 011
冬雨荻花	/ 013
生命节拍	/ 014
倾听岁月	/ 016
半个月亮爬上来	/ 019
雨水	/ 020
立秋	/ 021
白露	/ 022
九九归一	/ 024
向岁月问声好	/ 025

天空说出自己的声音和明亮	/ 027
等待春天	/ 030
因此春天接近	/ 031
正月的样子	/ 032
春雨	/ 034
柳绿时分	/ 035
烟花三月	/ 037
这个秋天	/ 041
秋雨	/ 043
秋风	/ 045
秋水	/ 046
中秋	/ 047
去紫阳阁看月亮	/ 048
露珠打湿一地的月光	/ 050
秋天掩面而泣	/ 051
我把眼泪放回眼眶	/ 053
思念在大地横流	/ 054
端午辞	/ 055
怀念海子	/ 056
回味秋天（组诗）	/ 058
岁寒三友（组诗）	/ 061
腊月	/ 063
正月	/ 064
箫声已远	/ 065
最终的到达	/ 067
镜中花朵	/ 068
暗中花朵	/ 069
八月桂	/ 070
九月菊	/ 071

花开的声音　　　　　　　　　　　　/ 073
用心灵倾听　　　　　　　　　　　　/ 074

第二辑　疏影屐痕

双河口的两个春天　　　　　　　　　/ 079
古镇流韵　　　　　　　　　　　　　/ 081
微雨双河　　　　　　　　　　　　　/ 083
双溪寺　　　　　　　　　　　　　　/ 085
世界离我这么近　　　　　　　　　　/ 086
群力村看桃花，相遇即别离　　　　　/ 087
桥儿沟恍然一梦　　　　　　　　　　/ 089
铁佛寺　　　　　　　　　　　　　　/ 090
汪家祠堂　　　　　　　　　　　　　/ 091
黑龙洞　　　　　　　　　　　　　　/ 093
涧池遇上你　　　　　　　　　　　　/ 094
沈氏祠　　　　　　　　　　　　　　/ 095
龙寨沟　　　　　　　　　　　　　　/ 096
空谷幽兰　　　　　　　　　　　　　/ 097
玫瑰玫瑰　　　　　　　　　　　　　/ 098
长安望　　　　　　　　　　　　　　/ 099
关垭忆　　　　　　　　　　　　　　/ 101
龙头村　　　　　　　　　　　　　　/ 103
饮茶诀　　　　　　　　　　　　　　/ 104
崇文塔　　　　　　　　　　　　　　/ 105
茯茶镇　　　　　　　　　　　　　　/ 106
秦汉园　　　　　　　　　　　　　　/ 107
梦中的边疆　　　　　　　　　　　　/ 108
走过三亚　　　　　　　　　　　　　/ 109

3

瀛湖泛舟 /111
化龙山密语（组诗） /112
一粒米的江山 /118

第三辑　幸福生活

把初心写在大地上 /123
金色誓言 /125
同心共筑中国梦 /127
用一朵桃花打开春天 /134
和一只蜜蜂对话 /136
为村民打开一扇扇窗 /137
紫阳，我可爱的家乡（组诗） /138
汉水寻梦 /142
故乡书（组诗） /145
我只是想 /150
有这样一个早晨 /152
一树阳光 /153
牵手 /154
阳光 /155
微笑吧朋友 /157
有一种幸福叫安好 /158
橘子红了 /160
东风吹 /161
采茶女 /162
绿茶帖 /163
茶，是你让冬夜春光明媚 /165
奔跑的油菜花 /167
从故乡出发的雪 /169

雪落在中国大地上　　　　　／170
炊烟升起　　　　　　　　　／171
民歌　　　　　　　　　　　／172
春耕　　　　　　　　　　　／174
锄头　　　　　　　　　　　／175
农民　　　　　　　　　　　／177
牧童　　　　　　　　　　　／178
算黄算割　　　　　　　　　／179
这对鸽子　　　　　　　　　／180
诗歌　　　　　　　　　　　／181
旋转的风铃　　　　　　　　／182
祝福　　　　　　　　　　　／183
我把春天送给你　　　　　　／184
一朵花开遍春天　　　　　　／186
思念　　　　　　　　　　　／187
在春天　　　　　　　　　　／188

第一辑　倾听岁月

一颗流星划破天际
一个生命走过红尘
绿风中苍白的花朵
侧耳倾听岁月的回声
黑夜的星光自海面泛起
遗落的诗歌多么荣耀

夏天是用来怀念的

其实夏天
是用来怀念的
一条路
怀念消失的背影
一条江
目送远去的千帆

其实秋天
在白露来时
就已经红了
夏天那些葳蕤的心事
触目惊心
端坐枝头

一片叶子
在风中
在雨中
摊开掌心的痣
摊开夏天
不为人知的秘密

忆念之秋

你我亲手栽下的那棵梧桐
潇潇秋雨中
高过梦中的屋檐
我在屋檐下读书、思考
随手抓一把语言的碎片
写下一些长长短短的句子
这些飞翔在心空的阳光
使我的灵魂四季鸟语花香

一滴雨自梧桐叶滑落
从春到秋
一滴雨融入地心
从冬到夏
我看不见雨的泪水
我听得见雨的歌唱
像隔夜的风声
像拍打船头的瀛湖的轻浪
像雾起时朦胧的月光

时间不老
易老的只是容颜

曾经的青春年少
曾经的理想梦想
如今已汪成碧绿的一潭
淡泊明志，宁静致远
枝头的果实隐藏着秋天的秘密

起风了，苍穹下
梧桐叶子花瓣般飘落
我捡拾起秋天的记忆
小心地擦拭
悉心地收藏

听　雨

这么坐着　听雨
心静如水　若窗外的黑
涵盖一切又容纳一切
许多过往的风景　在
雨中明明灭灭
逐渐清晰的　是
昨日刻骨铭心的物事
断线的烟圈　被
旋转的雨声串为
一条无境之境
听雨　听雨打芭蕉
听雨中的灵魂
与自己静静地对话

微　凉

秋自天空探出头
莲花莲步轻移
大地万山红遍
岁月蹉跎成碧绿的一潭
独酌清江

南飞的雁
仰望天空的眼
划出点点的伤
遗落的体温
独自在风中
羽毛比秋风更轻

一滴雨
零落红叶
空留一地的太息
覆盖今生的离愁别绪
一颗泪
滑过面庞
九月的薄唇
掩不住苍白如菊的脸色和忧伤

雾起时
迷离的月光
轻抚着
流萤的微凉

夜 中 央

不死的夜
一切正在展开的时间节奏
我这是第几次
坐在这里
坐在夜的中央
和T对饮

春也春了
秋也秋了
就把沧海
化作唇边的一抹浅笑
就把江湖
温柔成头顶的明月

多少次了
我和T坐在这里
夜走来端起酒杯
露珠洒落一地
哈尔滨都说零点了
一盏昏昏欲睡的灯

一条鱼，在水中
圆睁无眠的眼
一只羊，咩咩叫着
重回青青草原
一颗启明星，撕开闪电
照亮大地的前程

昨夜的霜降了一地

这个早晨
据说开始发售冬天的门票
打开墨迹
昨夜的霜降了一地
燕子追随东风,去了
江南安营扎寨
空气中充盈羽毛的气息
等待大雪的覆盖和燃烧

一片红叶
噙着泪水,心事重重
秋天已背转身去
她环顾世界
纵身跃下枝头
山涧的清泉
送她一程又一程

太阳依然在天空妖娆
像浓妆艳抹的妇人
慵懒、迷茫、憔悴
没有了昔日的光彩照人

天空的云
黏滞、晦涩、蜷缩着身子

一只猫
半眯着眼
一只老鼠
准备着过冬的粮食

冬雨荻花

冬天的第一场雨
在意料之内
在意料之外
你说：该来的终究会来
一片叶子在湖心安眠

昨夜的歌声
依然有着温热的体温
萦绕冬天的内心
有着怎样的波澜
直让冬雨
泪水霏霏

一把伞
撑起孤独
飞扬的长发
有着怎样落寞的表情
扬子江畔的汽笛
湿漉漉的，惊起
一片荻花

生命节拍

午夜零点，秒针分针
律动的剪刀怆然重合
一切戛然而止，一切欲言又止
2020强忍着疼痛与岁月说再见
衣袂飘飘的身影　被
一场藕断丝连的雪掩埋

一棵枫把自己点燃
阳光在她的体内汹涌澎湃
大地的子宫一波波紧缩
高处的光远处的爱和深处的智慧
正在密谋2021年的芭蕉和樱桃

万物顺从秩序而又百转千回
一骑红尘消失在红尘深处
妃子笑隐没在日落的轻岚
出走的叶子去赶下一场蓬勃
冬雨荻花交头接耳人间的温暖
如果你是山就做好一座山

如果你是水就做好一泓水
还有骆驼刺芨芨草鸢尾花
在浩瀚的岁月里
边走边唱生命的节拍

倾听岁月

一

一颗流星划破天际
一个生命走过红尘
绿风中苍白的花朵
侧耳倾听岁月的回声
黑夜的星光自海面泛起
遗落的诗歌多么荣耀

生命行走在肉体的河床
记忆的蛛网布满天空
爱与恨，血与火，暴雨和洪水
一次又一次泛滥成灾
潮落后裸呈的沙砾
细数岁月的秘密

岁月自幽深的梦中浮出
岁月穿过花的影子
蜷伏在诗歌的一角
玻璃后面
一个缺颗门牙的少年

咧嘴微笑
灿烂如正午的太阳
岁月悄无声息地走了
收拢的五指
攥不住时间的流沙
岁月的背影
月光下一飘一飘
雾起时
向下的泪水
载不动向上的哀愁

如果人生真的是一场大梦
我便是一只栖息的蜉蝣
早已将瞬息流传的生命
托付给奔腾的江河
一切毁灭的生存
一切生存的毁灭
蓦然回首
沧海已是桑田

二

夜从梦中醒来
沉船的海面阒寂无声
思想的鱼，在
沉舟侧畔穿梭
遗落的黄金
是灵魂今宵的收获
白天不懂夜的黑

白天是奔波，是琐碎
是不得不面对的或真或假的笑脸
夜晚是宁静，是幽渺
是自己走进自己的内心
今宵有梦，说明心中还有梦
我们已丢失了自己
不能再丢失最后的梦

走过万水千山
鲜花或荆棘已不再重要
重要的是血仍是热的
大脑仍在思考
并时常为一些人和事
流下感动的泪水

倾听岁月
倾听岁月深处潮汐的合奏
我只是其间的一个音符
跳荡在岁月的海面

半个月亮爬上来

心底最后一片叶子红了
风吹低对面的山梁
旌旗猎猎,一浪高过一浪
马背上的英雄
扬鞭飞驰,身后是
烟波浩渺的故乡

心底最后一片叶子红了
沿途的菊花次第开放
一道弧光自温柔的指尖
划破无声的海面
总有许多成熟的果实等待采摘
总有许多痛苦的思想渴望光芒
总有许多鲜亮的女子转过身去
总有许多午夜的蹄声碾碎月光

心底最后一片叶子红了
摊开的脉络,涌动海的潮汐
一朵浪花轻吻睫毛的泪
说出半个月亮的忧伤

雨　水

关于雨水
我还能说什么
生命。孕育。向往。光芒和爱
推开窗，我看见水汪汪的修辞
再一次把雨水打湿

原野的萌芽
探头探脑，东张西望
枝头的骨朵
睁开眼睛
绽放无邪的青春

关于雨水
我不能说什么
滚滚红尘中抬起头
我看见无所不在的春天
无所不在的春天哟喜极而泣

立 秋

"立秋了,感觉真好"
收到好友的微信
蓦然回首
时间的溜冰鞋一闪而过

光阴的河流一刻不曾停留
我们只是河面的一朵浪花或一叶小舟
无论默默无闻还是风光无限
终将消逝在尽头

时间有尽头吗
我常常苦思冥想
常常被这个简单的问题
弄得愁肠百结

我们终将老去
终将在某个冬日的午后
静静地眺望远方
怀念那些春花秋月的日子

白　露

太阳在天空挂着
热辣辣的面孔贴向大地
季节挥一挥手
白露已站在秋天的面前

春天的花还在香着
夏天的叶还在绿着
白露说来就来
让人猝不及防

时间嘀嗒嘀嗒敲着
蓦然回首中
青葱少年变成白发老者
成长多么忧伤

屋檐下的燕子
一群叽叽喳喳的朋友
陪我走过春天和夏天
此刻正做着起程的准备

从北向南　又从南向北

南北的屋檐下
栖居着相同的人
怀揣着不同的幸福和忧伤

燕子，注定有着迁徙的命运
注定肩负着南来北往的守望
垂下帘栊
双燕徘徊细雨中

白露的原野
日益寂寞和苍凉
玉米都回家了
稻子垂下暮年的头颅

炊烟直直伸向空中
孤独而凄美
月亮升起
露珠滚滚而下

九九归一

一切模棱两可
时间踩了一脚油门
把秋风甩在身后

光阴里的菊花开了
开了九九八十一朵
光阴里的思念醒了
睡了九九八十一天

出嫁的女子
从春天走进秋天
枝头的果实
悬挂着爱情的秘密

光阴，长啊
人生，短啊
不能忘却的记忆
旋转成窗前的风铃

向岁月问声好

黎明的街
醒来的街
一群孩子　一群快乐的小鸟
在行道树间蹦蹦跳跳
我的少年时代
频频向岁月挥手　频频
向头顶的阳光
感恩

岁月面慈心善风平浪静
像冬日的瀛湖
我是其间的一尾鱼
在岁月的深处呼吸或睡眠
思念的潮水
永远也逃不脱
永远在岁月的怀抱
神游古今

岁月不老，还是三十年前的样子
我在小虎队的歌声中蝴蝶飞呀
在汪峰的歌声里再见青春

还会在M或W的歌声中老去
我不和岁月赛跑
我只想在黄昏的片段中
静静地吸一支烟
静静地听听音乐
端起茶杯
轻轻掸去心头的浮尘
然后，拾起岁月
一个会心的笑

岁月是幸福的
让我欣喜让我飞扬
岁月是忧伤的
让我沉郁让我狂放
幸福也会令人忧伤
月亮是天空的眼泪
海子是大地的眼泪
你是我的眼泪

岁月莲步轻移
行走在太阳的光里
飘荡在天空的云里
歌唱在大海的波里
盛开在春花秋月里
桃花是春天的微笑
菊花是秋天的微笑
你是我的微笑

天空说出自己的声音和明亮

一

黎明写在窗前　与光对话
雷声，海潮涌动似的雷声
春天的雷声
睡眠睁开眼睛
桃花铺满向阳的山坡
电光石火，点亮一盏神灯
心中的银河系
一伸手　握住阳光
握住一束耀眼的闪电
闪电，天地同辉的闪电
有着惊鸿的轻盈
子规的呢喃和春天的贝齿
风清扬，眸子千里抒怀地一笑
长发说出全世界的柔软
如果热爱，她就是天空之城
如果忧伤，她就是全部的海水

二

辽阔和清朗
一副触手可及的模样
桂花香深不可测
一朵云的深井
桂花桂花
心底的白云尚未倾吐
一只蜜蜂循着
清馨淡雅的芳踪
吸引和牵绊　在
枝头翩翩起舞
风掠过长发　低头的温柔
描摹春天的样子
蓝天上面
雷声隐隐传来
大地上的萌芽蠢蠢欲动
眉目间的阳光春暖花开
阳光阳光
大地上奔跑的阳光
闪电孕育的阳光
天空之上　婉转承合之下
把闪电放进心里
把心，安放在灵魂里

三

雷声从空中传来

说出神的旨意
膜拜的人
把尘埃埋进额头
大道上奔驰的马车
说出奔驰的姿势
几滴雨,急不可待地落了下来
它们要赶在马蹄的前面
把喑哑的诵经声打湿
云朵打开云朵
风吹动风
大地在草尖拼命摇晃
等待一个静止的答案
飞翔的鹰
载着闪电的光明
把旋转的世界照亮

等待春天

等待的时间里
冰层下的声音细小锋利
咔嚓咔嚓，一分一秒
声声摁住大地的心跳
时针和分针裁剪着春天的翅膀

等待的时间里
一滴水可以穿石
用坚硬的光，照亮
一尾鱼内心的桃花汛
阳光一天天善解人意
雁阵飞行在北方的天空

等待的时间里
风自东方来
以秦岭为马以黄河为缰
把雨水还给天空
把老虎还给森林
把狮子还给草原
把花朵还给春天

因此春天接近

一粒雪自屋檐飘落
铅云行进在空中
炊烟从梦中抬起头
冬天去意徘徊

因此春天接近
蛰伏的生命惬意地伸伸懒腰
树汁在体内轻盈地舞蹈
我听见母腹中婴儿的躁动

那些不辞而别的鸟
正在打点回归的行囊
重拾熟悉的春泥
羽翼比阳光更温暖

穿桃花的女子
奔跑在骚动的山冈
默数一季的约会　将在
春天的午后开放

正月的样子

正月的样子就是亲情的样子
把微笑映进酒杯
把祝福放在心里
365个思念和等待
发酵成浓得化不开的香醇
一仰脖子咕嘟嘟灌进肚里
你欲望的鱼儿多长我的河流就有多长
你探出的根须多深我的土地就有多深

正月的样子就是希望的样子
河边柳　山桃花
走在春天的前头
河边柳低眉浅笑
山桃花满面春风
漫漫的思念
只是为了寒风中的一个微笑
长长的等待
只是为了立春时的一朵花开

正月的样子就是美丽的样子
天上盈盈的云

水中碧碧的波
醒来的春天是枝头的小鸟
欢唱着　跳跃着
张开翅膀
扑进岁月的怀抱

春 雨

年年打湿心中长长的小径
散发着乳香的气息
有多少朵花被惊喜打开
有多少簇绿被柔情抚爱

空中飞过的鸟鸣
洞穿春天的内心
井口汲水的女子
托起温润的桃红

在雨中穿行
赤裸的足轻叩大地
我是一棵麦苗呢还是一株山茶
母亲，我是你怀中拔节的期待

柳绿时分

一

三月春风
剪出一树女子的眉眼
醇浓我们的视线和梦
一点幽深的桃红
可是似网的柳絮
打捞昨日的容颜
季节依旧　时光不再
这样一种美丽的错过
常常叩访梦中的记忆深处
一只蝴蝶对一枝花的探访
是一种诗意还是一种忧伤
两只黄鹂　一行白鹭
衔不起青青如柳的心事

二

错过并不等于过错
错过是一种美丽和忧伤
美丽的忧伤让我们心动

忧伤的美丽让我们心碎
错过　是错还是过
是美丽的忧伤还是忧伤的美丽
说不清楚　真的
说不清楚
错过季节
错过花期
错过青春
这是一种人生的错过

人生的风景有许多错过
愿只愿
自己的人生
没有过错

三

蝶恋花儿花恋蝶
这千年的故事
开放成忠贞的一朵

蝴蝶花　花蝴蝶
一个是心静如水
一个是心动若潮

蝴蝶花是开不败的花
凋谢的是肉体
飞翔的是灵魂

烟花三月

一

三月，娇媚的新娘
阳光下最美的花朵
绽放青春的诺言
你的思绪，我的芬芳
在蜜蜂与蝴蝶的低语间徜徉
三月，飞翔的圣婴
带着玛利亚的祝福
化为春雨，洒作阳光
抚慰受伤的河流
蛰伏的种子
顺着你引领的方向
斑斓的色彩铺向天边
希望的童话
裙裾般轻轻升起

二

绿杨烟外晓云轻
红杏枝头春意闹

烟花三月,飞絮蒙蒙
李白一首千古绝唱
浩然下扬州的孤帆
在历史的水面沉浮不已
烟花三月,常常
自己感动自己
自己被自己感动
对于尘世的来来往往
我还能说些什么呢
烟花三月
只有你迢遥的巧笑
粲然在枝头开放
回归最初的花蕊
芬芳我心

三

三月的阳光
在你我的肩头温柔地妖娆
怀揣百合花般的心情
看归来的燕子
是否是去年的那只
许多玫瑰花事
重新走上时光的荧屏
少女的手指一般纤细的光芒
你以千掌覆我
终至沿着你每条脉络
牵曳我的记忆
给我忧愁

通往高处的道路
幻想中的花朵
高过天空

四

三月的细雨
濡湿我梦中的江南
淡妆的西子
纤细而婉约
幽曲的小巷
盛开的丁香一样的姑娘
三月的细雨
飘过我祖居的北方
伤情的灞柳
依然在唐诗宋词的园苑里依依惜别
雄浑的黄土高原
将一曲生命的兰花花
嘹亮得天高地远
三月的细雨
编织丝丝缕缕的诗情
我的诗情是微雨双燕
回归故乡的屋檐

五

三月是一首诗
三月是一幅画
三月是一帘雨

三月，总是在约定的时间款款而来
带着天使的光芒与微笑
灿烂我和我温馨的家园
三月，总是给人意外的惊喜
在我不经意间，一抬头
一点绿蔓延一片绿
一片绿燃烧千片万片的绿
那青春的绿生命的绿啊
翻腾着奔涌着咆哮着
覆盖一座又一座山头
蹚过一条又一条河流
地毯式铺向天边
千帆竞发，百舸争流
水之湄浣衣的女子，柔腕似雪
江鸥拍打着阳光，上溯哺育的源头
南来的燕子，衔着春泥
在屋檐下诗意地栖居
与我共擎一轮前朝的明月，对饮
就有那暗香浮动的思念
总是雨淋淋的，雨淋淋的……

这个秋天

这个秋天
一片红叶
一如你的红颜
年年岁岁　岁岁年年
悠然在枝头泛绿的
是思念

这个秋天
那一片荻花
燃遍两岸
你奔跑的身影
像沿路的山菊
开满我心灵的山坡

这个秋天
窗外的流水
悠悠荡荡
把无尽的思念
日夜潺湲

这个秋天
每一个星稀的夜晚
你月牙儿般的浅笑
高挂天穹
温暖我无期的行程

秋 雨

一场雨
把我带进秋天
窗外的荷，低吟浅唱
浅唱低吟，那是
季节苍老的歌

我的朋友
漂泊在异乡的寻梦人
一个有家却在流浪
无钱却很富有的精神贵族
是否走出了李义山的意境和忧伤
玉珰缄札何由达
万里云罗一雁飞
是否参透存在即合理
诗虽高雅，离不开柴米油盐
生存无奈，活着就是人生
今夜，你还在异乡的街头独自醉饮吗
可别让秋雨打湿你无眠的旅床

秋雨是跟随诗句而来的
巴山夜雨一夜间涨满秋池

风中的花朵，春天的诺言
阳光下的牵手和欢笑
午夜梦回的灯
一盏一盏珍藏在心间
一年中，菊花
一朵一朵都很娇美
一朵一朵都被人爱
这些盛开的灯盏
这些思乡的灯盏
又将流水涨满

秋　风

秋天的凉风，跳开绿叶
先吹黄了我
阳光透明而慵懒
扛把铁锹，到田野走走看看
低垂的稻穗，用它的嘴巴
说出秋天的全部
村落里的炊烟扶摇直上
我的灵魂被温柔地碰撞
农民父亲养育了我
而我给他的回报
只是一些长长短短的诗行

秋　水

慵懒地躺在秋的怀抱
经历了夏天狂热的爱情
此刻漫不经心波澜不惊
秋水缓缓地流着
冲淡且安详
一如秋天的黄昏
秋水缓缓地流着
滋养我和植物的根系
一如无言的母爱

羊群沿着秋水
散漫而行，几只白色羊羔
蹦蹦跳跳亲近水中的倒影
露出满脸的惊奇和快乐
牧羊人的歌声舒缓而悠扬：
　　隔河望见姐穿裙，
　　想过河来水又深；
　　打个石头试深浅，
　　唱支山歌试姐心。
秋水静静地听着
静静地陶醉在秋天的黄昏

中　秋

中秋是个蛊
三秋之半敲骨入髓
桂花充当药引
月光里应外合
十万个思念溃不成军
月饼心思细腻
亲情爱情友情咀嚼各自的滋味
露珠噙着幸福的泪水再一次出发
大地上的事物行色匆匆
看时光浅浅
慢慢在指间燃烧成灰烬
任思念点点
一滴滴月光下蛙声四起
无端的坠落和飞升
不需要远方
有你，够了
有紫阳阁够了
与李白花间一壶酒
同东坡千里共婵娟
瀛湖散淡，自在微澜
轻漾着杯中月

去紫阳阁看月亮

涉水而过,自东门的渡口
一江的浪花
一江的月亮
紫阳沟码头人影憧憧
每一个人心中都有一条江
每一条江都有一个月亮
赶着影子登文笔山
去山顶的紫阳阁
向上的台阶
一步步把月亮抬高
拐角的桂花树下
有游子席地而坐
痴痴地望月思乡

人生有许多小确幸
以月光下酒
用月饼喂养思念
唐诗在桂花酒里活色生香
醉了就满嘴跑火车

手指月亮笑嫦娥

长生不老只是一场寂寞

汉水绉绸，人间烟火

月亮挂在紫阳阁的飞檐

恰好落在

看月人的眼里

露珠打湿一地的月光

桂花的盛开如约而至
芬芳犹前世的容颜
月亮伸过来的手
把思念一一扶起
石头张开生锈的嘴巴
说出三生的全部
吴刚砍永生的桂树
便有了阴晴圆缺
广寒宫的目光
哗啦啦铺满大地
那,不是露珠
那是嫦娥滴落的忧伤
踉踉跄跄的月光,把一支曲子
唱得青了又黄黄了又青
风过处,纷纷扬扬
夜的长发又一次被露水打湿
微信翻云覆雨,一夜暴涨
薄唇含笛,别曲
秋水含烟,离歌
抽取一截时光
抚动湿漉漉的琴弦
握住一轮圆月,轻轻戴在
岁月的指上

秋天掩面而泣

天空的重量一片叶子独自承担
一瓶酒，一段离别，打开
秋天的嘴巴一饮而尽
前世是书生，今生是剑客
接过一朵菊花的金甲，在
秋天的腹地披挂上马
阴沉的云，窒息的脸
一群人行色匆匆，行道树
像褪光了羽毛的孔雀
大地上的蚂蚁，乱作一团
通向高处的道路遥遥无期

闪电不辞而别
雷声也闭口不言
寒蝉驾着红叶逃往天堂
秋天多么孤独，大地荒凉
幸亏还有一场雨如约而至
幸亏还有残荷献出黑夜中的肉体
衣袂飘飘的笛音，在汉江的泪水里肆意长鸣

左手是一座山，右手还是一座山

山菊花开遍云霄
吹过山坡的风还是那么漫不经心
秋天掩面而泣，层林尽染

我把眼泪放回眼眶

我必须攥紧时间
攥紧一把刀子，一滴一滴
大地的伤口生长玫瑰
我必须把眼泪
放回眼眶，把戛然而止的疼痛交给
纯洁的盐。天空蓝得说不出话来
一朵云，像游进大海的鱼
长袖善舞，没心没肺

一只蝉，用最后的歌唱
擦亮阳光，擦亮麻木不仁的耳朵
红叶多么静美
一言不发雍容博大
时间停下脚步，泰戈尔坐在
白桦林的一角沉思

风拂动草原的忧伤
拂动马头琴的苍凉
夕阳下失联的牛羊，一路向南
追赶桃红柳绿的背影
日子像珍珠，散了
再也系不住前尘过往

思念在大地横流

东沟河一路向前
浪花用手中的月光
收买大地的泪水
水竹、麻柳、荇草
拨动内心的五线谱
低吟着逝者如斯
看悲伤逆流成河
回首来路，秋雁孤鸣
凤凰山无语悲凉
冯家堡子的头顶
白雾中的经幡
呼喊离家出走的人
月桂初开，寒蝉的悲鸣
在别梦依稀里幽幽咽咽
一场恰如其分的雨　引得
思念在大地上肆意横流

端午辞

太阳端坐天空
正午的日晷
满腹心事隐忍不发
青铜和列石怀揣《天问》
兰草，艾叶，菖蒲，青蒿的气息
盈屋绕梁，一浪高过一浪
一只蝶斜翅而飞
江面上的美人
用楚语唱起《九歌》
张牙舞爪的龙舟
突然静默
白鹭收紧自己的羽毛
缤纷旋转的锣鼓
屏声静气
一只粽子潜入水底
抱紧它前世的宿命
伸手拉住《离骚》踉跄的影子
端一碗雄黄酒吧
犒劳天下苍生

怀念海子

在春天,怀念海子
怀念你的
面朝大海,春暖花开
向往一切美好的向往
追寻一切理想的追寻
海子,比阳光更炽热　比
海水更澄澈的海子
怀念你,就是
怀念纯粹

无眠的夜
月亮和星星全部沉沦
就着你的诗歌
我点亮柴火
孤独的夜
世界与我那么近
近得让我一把就能抓住
噼啪作响的幸福

海子,纯粹的海子
容不下一粒尘埃的海子

你是涅槃的凤凰
挥动天空的白云
唤醒尘世的花朵
1989年3月26日的山海关
西去的列车
载不动血色黄昏

海子，大地的泉眼
因了你，温柔的东南风
遍地疯长
海子，手举火炬
脚踏风火轮的海子
在尘世间呼啸而过
带着春天的理想和爱
飞向光明

回味秋天（组诗）

雨　意

山色空蒙　雁声凄迷
一团团火
在这个季节燃烧
又被这个季节熄灭
就这么短短的一瞬
该发生的已经发生

我的村庄　蜗居山坳
在雨中阅尽世态炎凉
从薄到厚又从厚到薄
历史只是一册线装书
我的小令
淡黄　又悠远……

和古筝而歌的前朝女子
明眸皓齿　乌鬓朱颜
雨中纷纷乱乱的红叶
是她千年的离愁和泪

菊 花

旋转的舞台
旋转的风
菊花　你是
这个季节旋转的中心
在梦里看你
在阳光下想你
在季节的边缘伸手抚你
青烟袅袅　菊花
你阳春白雪的余音
高山流水般千古不绝
飘落的日子如水
菊花　你是浮出水面的记忆
总有着东篱下的陶潜
悉心地把你珍藏

诺 言

温室的花朵
开不出忠贞的爱情
春天的诺言
走不出秋天

怀揣夏天苍翠的记忆
看红叶翻飞若雨
看雨中的情节
散落一地

背负秋风秋雨
眺望冬天
白雪深处的一剪红梅
那是今生的相许

岁寒三友（组诗）

松

松的青往往让人想起雪的白
想起一幅清晰的图画
想起陈毅
想起正义和战争

历尽沧桑　饱经风霜
松　你依然挺立如磐
走进岁月的深处

悬崖峭壁上落地生根
黄山迎客松是你的标志
花开花落　云卷云舒
你使我懂得了什么叫坚毅

竹

峻节凛然　在杀伐的冬季
用翠绿的生命
燃烧世人冷漠的眼睛

百鸟的啁啾去了
只留下清脆的笛声
亮丽每一个清晨抑或黄昏
在铅灰的日子里
盛开朵朵艳丽的玫瑰

竹　任尔东西南北风
是你坚贞不屈的写照
虚怀若谷是你的本质
竹报平安
抛不下芸芸众生

梅

梅　你温馨的绽放
唤醒我冷却的记忆
星星点灯　由远至近
无边的冬天
你是燃烧的灯盏

梅　在雪中
你为我微笑
我为你写诗
红梅傲霜
你是我终生的爱人

腊　月

站在腊月的风景里　想家
触目可及的人群　把
久别的思念　团聚的喜悦
挂满心情的花枝
迈着欢快的步伐
循着来时的路
一枚果核回归最初的厚土
儿时的诺言已在
梅林的唇边红透
365个日子　想家的云
弥漫变幻的苍穹
演绎成细细密密的雾
回首背影　打捞时光的水面
便有湿漉漉的心事沾满掌心
循着回家的路　我走进童年
冬日太阳一如母亲慈祥的笑靥
化解我浓郁的乡愁
温暖我人生的长路

正 月

正月是豪饮的汉子
正月是贤能的主妇
正月是小孩子手中的压岁钱
正月是远嫁的女子飞回娘家
正月的爆竹唤醒每一座山冈
正月的唢呐吹遍每一道山梁
正月的花朵盛开在每一张脸上
正月的祝福温暖每一个心房
爷爷和我和儿时的伙伴
围座炉旁　满面红光
呷一口酒　吼一声汉调二黄
唢呐声声清脆悠扬
奶奶静倚门框
咧开没牙的嘴
笑看儿孙满堂

箫声已远

箫声已远　秋声渐紧
雁阵鹰影之中
骑着西风的瘦马
由北向南
缓缓行进在陕南的天空

窗外的阳光柔情似水
阳光下流行的传唱
那些薄如蝉翼丰腴的诱惑
那些在河之洲鲜美的水草
那些暴风骤雨遭遇的激情
随着秋天的第一场雨
消逝得无影无踪

一切未曾发生
唯有或远或近或黄或红的植被
星星点点穿梭其间的牛羊
给眼睛带来清晰的记忆和痛感
高高低低不老的炊烟
点亮乡村的千古黄昏

多情的汉水
你为何日益憔悴
你消瘦的歌声
今夜为谁而眠
河对岸的伊人
触手可及　只是
只是无人舟自横的渡口
再也载不动太多的离愁

在无边的落叶里安家
荣枯只是岁月的一种形式
生命的根
一束奔突的地火
在秋天的内心
诗意地栖居

最终的到达

大路朝西
骑着北风的马
自草尖一跃而过
季节的旗帜
红叶呼喊着红尘

一个人伫立山巅
飞扬的马鬃擦亮头颅
玄衣飘飘
鹰之翼把北风卷入云层

灵魂飞旋
北风更迅更猛
飞渡我所有的道路和诗篇
我最终要到达的地方
必然是春天

镜中花朵

灵魂的花朵
绽放什么样的容颜
四月的阳光　点燃
一万个村庄的绿色

镜子引领我深入纯粹
沉静轻漾无梦的睡眠
黑夜就是白天
歌曲就是海水
高山上的旗杆
展翅的灵魂拈花微笑

清风自镜面升起
太阳跃出海面的声音
两只海鸥
拍打着蓝天的翅膀

暗中花朵

梦的神祇
暗中的花朵高过天空
灵魂比羽毛轻盈
月亮的背后安家

还有什么比暗中的花朵
让人感念前世和来生
暗中的花朵,还有什么
把美丽开成岁月的胎记
孕育春天的雷声闪电
暗中花朵,通往高处的路
你是光,是风,是云里钟声

八 月 桂

花开八月
这个季节最美丽的女子
将生命的芬芳
挥洒得淋漓尽致
十里之外
你的气息皓月般纯粹
思绪是水　灵魂是舟
循着你清馨迷人的芳踪
回归诗歌　回归童贞的家园
自然的恩赐　上帝的精灵
在唐诗宋词的园苑里
犹抱琵琶半遮面了那么多年
八月桂　这个季节最传神的一笔
把八月描绘得古色古香
八月桂
魂在天上
花在人间

九 月 菊

千帆过尽
秋天的水路豁然开朗
夏天所有缤纷的花事
在一个晴朗的午后
纷纷谢幕
菊花——秋天的魂魄
秋天深闺中的女子
沿着长长的水路
灼灼燃烧

菊花的气息让人迷醉
菊花的燃烧让人目眩
故事里的菊花
菊花里的南山
南山上说话的人
让我枉自迷乱枉自神伤
渊明　让我长立南山
在你的凝望中长成一棵树
渊明　让我灿烂成一朵菊
在你的指尖上化为历史
渊明　让我做你清癯的书童

站在身后静静地看着你拈花微笑

菊花仍在燃烧
诗人仍在低吟
掌中温热的酒樽
溅一片秋天的雨声

负琴携剑
诗人顺着秋天的水路
孤独地流浪
沿途的菊花
是他遗落的黄金语言

花开的声音

初秋的清晨
从睡梦中抬起头
一种声音电流般传递
细若游丝却又清晰可闻
窗之外阳台之上
菊,大片大片灿烂开放

在钢筋水泥丛林中奔走
年复一年　我迷失了方向
心不再轻易感动
感谢这个秋天的早晨
感谢这片秋天的菊花
使我空空如也的人生
总还有花开的音符

这个世界上
不要轻言得到
不可轻言失去
醍醐灌顶之间
我攥紧花开的声音

用心灵倾听

听，请静静聆听
请把胸膛贴近大地
在这月明星稀露珠初生的夜晚
请卸掉快乐忧伤成功失败爱恨情仇
轻轻地，轻轻地闭上眼睛
用心跳拥抱大地的心跳

有隐约的涛声传来
如朦胧的月光
明明灭灭的萤火
一坛陈年老酒的芬芳
初恋时第一次澎湃的心跳
雨打风吹去的记忆
至今依然在枝头灿烂

哦，就让清风在耳旁絮语吧
古往今来多少山盟海誓依次走上月光剧场
就让孤星独自流泪吧
长生殿里埋葬着千古绝唱
往事如风，记忆犹星
永远闪耀在心灵的天空

闭上眼睛吧，闭上眼睛
岁月的沙滩
遗落大海的珠贝
旋转的时空
涌动生活的激流
用心灵倾听和谐的音符
用心跳握住万物的心跳
从这条河到那条河
流水说出时间的秘密

第二辑　疏影展痕

混迹人群，去门外看春天
四月来得不早不晚
玫瑰遇上小镇，涧池遇上你
涧有月出、鸟鸣、年年岁岁的花开
池有清风、鱼影、一朵一朵的流云

双河口的两个春天

春天禁锢不住,健步如飞
在双河口,奔跑着两个春天
梨树河的春天
楼房河的春天
两个春天连辔而行
袖口上的桃花云淡风轻
我是一个贪心的人
人世间踉踉跄跄
千万次遍体鳞伤
阳光和花朵　给我
今生的解药

两个春天驻立山冈
巨大蜂群祭奠一朵花的童贞
两个春天千回百转
大地芳草萋萋
河流鱼翔浅底
两个春天的泪水
让狮子包的狮子
满血复活　扬鬃猛醒

双河口的两个春天
梨树河的春天
楼房河的春天
子午道嘚嘚的马蹄声
终究敌不过朝雨轻尘

古镇流韵

六百年光阴青石上开花
商贾声声丝路驿站歇马
石板房　青石巷
老宅院　木门板客栈
"端木遗风"的斑驳
年年在春天的皱襞中发芽
人间烟火的胎记
多么亲切温暖
风拽住春天，拽住离别
炊烟是倒淌的泪
蓝瓦瓦的天幕上
原上草咳出一粒粒的思念和疼痛

调皮的河调皮的梦，千百次造访青石小巷
岁月流光，交会或离散
我是一尾懵懂闯入的鱼
满腹心事七上八下。阳光斜刺杀入
一巷的爱恨情仇四散奔走

梨树河　楼房河
双溪寺　狮子包

以群山为马以河流为缰
走在茶马古道
我与镇上的朋友们
说起子贡、千年驿站和四合院
李自成的北下
李先念的北上
何振亚将军的传奇
他们都娓娓道来
就像谈论至亲的人
就像说起阳光、食物和水
就像青春期的一场倾城之恋
想与不想，古镇都是一种存在

现在是春天，是人间的四月
花缓缓地开，草慢慢地长
蜗牛也开始慢慢地恋爱
阳光明媚，写诗和饮酒
两条河绿得人心慌
这片光亮里的梵音和过往
在空中飞　在空中歌唱
向晚的黄昏低垂
醉倒在忠信和客栈杏黄色酒旗下

微雨双河

千层山排开万里云
春雷响处，绣旗招展
绿色的洪水直抵穹顶
天际流的油菜花黄得发疯
梨花雪桃花汛兵临城下
千帆竞发。我破城而出
红袍银甲　执戟双河口饮马

杨柳依依　呢喃霏霏
一场惊艳了时光的雨
款款点亮幽长的青石小巷
丁香开啊开在无尽的岁月
旗袍安放着睫毛上的忧伤
时间嘀嗒嘀嗒敲着
燕子用一只巢
描摹离别和思念

微雨双河　水墨江南
青石井汲水的女子
比美更美　比朦胧更朦胧
爱上你我就成了水

清清亮亮地对你
空中百花齐放的鸟鸣
怂恿得四月逸兴飞扬
一只风筝的回眸啊
芳草迷离　落英缤纷

双溪寺

孤独如莲花的开落
双溪寺顺河而下
遗落一地的星辰和露水
把我的青衫打湿
把你的寂寞掩埋

手掌上的春天草长莺飞
时光的倒带里
双溪寺回到咸丰,回到1856。那时
你为青灯我为黄卷。晨钟暮鼓
诵读人间不一样的烟火

鸟飞走,天空还在
明清遗老的影子还在
国民党元老的忧戚还在
中共地下党员的音容还在
革命英烈的沧海一声笑还在
月亮是岁月深处的一滴泪还在

人间四月,宁静的夜晚
跑马溜溜的心
双溪寺,我愿做一回老僧　在
你的左心室打坐

世界离我这么近

夜从梦中醒来,一场雨
一场柔软的启幕
世界离我这么近
像妈妈的耳语、你的低语
像凌晨两点
夜空眨着眼睛的星星

天空高远　大地辽阔
雨无所不在,比如链接
比如生长和仰望
比如在我手中的杯子涨潮
比如把你离去的背影打湿

雨在我的额头跑马
邀我入伙,邀我掀起春天的潮水
去赶一场夏天的约会

群力村看桃花，相遇即别离

白雾漫山。桃花深处的
莺莺燕燕。目光探囊取物
这树望着那树开
未免让人心生愧疚
坡上的桃花
对突兀的闯入者
三缄其口
陌上花开，陌上花落
闯入者充其量只是过客
惊叹和仰慕　没有谁能够
走进一朵桃花的内心
少年猖狂　世事沧桑
桃花厌倦了虚妄的美
甜言蜜语总是别有用心
大大咧咧把灵魂踩在脚下
放纵的肉体做了野鬼
白雾散尽　桃花铺满山坡
小心眼的蜜蜂暗自窃喜
不动声色　把
春天据为己有
群力村的桃花坡

一群人挥霍着大好春光
一群人呼喊着桃花的名字
对一种美迷恋太深
一不小心就会沉沦
我望一眼村外
人生的路还很长
桃花桃花：原谅我的不辞而别
春风说好了一年一度

桥儿沟恍然一梦

三分春寒　亭台两座
新月孤星的护卫下
白石河街往左一拐
一脚踏进宋朝
千年光阴汇聚
不见泉眼，只闻泉声
滴水穿石，时光比刀光更锋利
香泉、福泉、甜泉
深处是一滴一滴的思念和疼痛
怀旧的人，站成屋顶上
一棵向死而生的树
当头的卫家水井
传唱着柳三变的弹词
阁楼上管弦丝竹
花窗探出的玉簪
眉目不甚清楚
毕竟是前朝旧梦
传情就坏了规矩
长寿桥、福音堂、聚贤庄
这让我想起张择端的《清明上河图》
桥儿沟就是其间的一个片段
古筝愈弹愈急
一片月光恰好　探进
桥儿沟的梦里

铁 佛 寺

铁佛寺是镇不是寺
面对望文生义的外地人
汪紫琪总是笑语嫣然
头微微上仰，糯米一样的牙齿
柔顺的长发摆动若镇河的水草
春天的时候
汪紫琪还是西京房产的文员
到了秋天，成了全镇第一个导游
走到哪里，风就吹向哪里
老街字迹漫漶的牌匾
刻录着前世的繁华
回廊处的游客
着清朝服饰粉墨登场
一曲汉调二黄
唱尽世间沧桑
檐角相连，瓦缝爬进来的
阳光　成了漏网小白条
往返在老街与汪家祠堂
看一眼列祖列宗
汪紫琪总是心生欢喜
向晚的钟声敲响夕阳
铁佛已远　铁佛还在

汪家祠堂

独卧山腰，世事可有可无
老态龙钟的身子再也懒得抬起
鸟飞走，天空还在
树归土，大地还在
重重叠叠的光阴，把
犁铧擦拭得锈迹斑斑
中河饮水的黄牯牛去了哪里
布谷鸟叫春的日子
想起黄牯牛的眼神
犁铧就心酸不已
牧童远走他乡，只留下
穹顶的蛛网，愁肠百结
不放过任何蛛丝马迹
飞檐和翘角，看惯了过往风声
飘散的炊烟为每一个离去的人
黯然神伤。昏昏欲睡的二胡
捂着胸口。旋紧如泣如诉的
满腹心事。喑哑的蝉鸣
跟着一片落叶穿堂而过
屋脊忠贞不贰的狻猊
三百年长相厮守

子规啼的夜里
清癯的月光故地重游
天井虚位以待
磷火明灭中的犬吠，迷失在
西厢房的呓语中

黑 龙 洞

千年的造化和修炼
孤独如莲花的开落
楠木玄默。画眉鸟一脸高古
踩着木鱼的节拍觅食
半梦半醒之间举步入洞
恍惚间佛影憧憧
铙钹齐鸣，磬音蚀骨
僧人双手合十念念有词
一炷香连接天地
一滴水跃身龙潭的刹那
电光石火，铁佛一闪而过
破空而来的一声高腔
拽我出洞口。阳光激射
对面戏楼的门楣之上
大书：歌永谐

涧池遇上你

混迹人群，去门外看春天
四月来得不早不晚
玫瑰遇上小镇，涧池遇上你
涧有月出、鸟鸣、年年岁岁的花开
池有清风、鱼影、一朵一朵的流云
涧池头枕大地在雨水里发芽
生长庄稼、香椿和麋鹿
爱情星罗棋布，诗歌层次分明
凌空的石头抓住斑竹的根
绿色的军团暗伏千军万马
风吹草动，涧谷的
拐弯处，油菜花疾驰而过
水高山低。炊烟自在夕阳
不慕鲜衣怒马不问世事沧桑
我是清风与明月交锋的露珠　是悬挂在
涧池的亭台　茕茕孑立

沈氏祠

祠堂不大，脚下一马平川
门楣不高，抬头高耸入云
门外细水长流，门内字字珠玑
高堂之上，不外乎
忠孝信悌礼义廉耻
修身是必做功课
身前是一条河，身后也是一条河
河的名字不同，却有着相同的
秉持和心性：向善，隐忍，信仰坚定
白天耕田，晚间读书
醉心四书五经诸子百家
四月是虔诚的旁观者
合上族谱，家训由西向东绿满山川
鸡犬声里，油菜结籽水稻扬花
这些朴实的庄稼
一次次把自己放低

龙寨沟

入口有三，侧页暗藏细节
诱惑是一道单项选择题
让人举棋不定患得患失
只好不偏不倚，耍一把中庸
玄机遍布前方
松枝轻拈白云
山崖亮出万仞
青潭迎送日月
飞鸟静伏水底
鱼蟹搅动蓝天
鹿的呦鸣扬起空谷箫音
寨子里流淌着泛滥的泪水
寨口疯长的丝茅几度兴废
怀旧的人，独坐坍塌的祭台
擦拭斑驳的刀，等待苏醒
风吹动风，说出山的羽毛
一条沟慢慢抬头
潜行的龙吟，在一滴
水的法门云蒸霞蔚
游客只顾欢喜别无他念
靴子大意，遗落水柳
深处　作别重逢

空谷幽兰

这个春天没有什么不同
大地回暖,蜂蝶倾巢
浓妆艳抹的桃花不可一世
枕一方龙寨沟的青石
慵懒的游客昏昏欲睡
"假如时光可以倒流
假如夕阳再一次回到东方"

这个春天与以往有着不同
妖娆凸显式微,色彩苍白无味
一枝兰推开山谷
上风而立,衣袂飘飘
桃红柳绿的背影相形见绌
春水无知,自在东流

常说:埋下一颗种子
春天就会发芽
看风看雨看落花
空谷幽兰轻拈岁月
世界很小,你是我
眺目千里的抒怀一笑

玫瑰玫瑰

天下玫瑰，乘长风花开涧池
心旌摇荡的四月
亮出春天的底牌
旋转的舞台，旋转的风
玫瑰，你是世界旋转的中心
群山退去，河水找不到出口
孤独的甲胄，与玫瑰狭路相逢
爱恨只是一瞬
万箭何苦穿心
惆怅的人，失魂落魄
带着无疗的隐疾和暗伤
跌倒在玫瑰的阴影里
醉饮红尘。一"病"方休

长 安 望

西望长安，流水一路向东平安顺利
大地上的锦绣一览无余
春天攻城略地，呼蜂唤蝶
关垭息鼓，蜡烛偃旗
从中原到高原，从柴家沟到金沙河
完成了对长安的肆意合围
深绿浅绿碧绿水绿墨绿黛绿
绿得江河横溢绿得气贯长虹
游客大意，在茶乡一醉不起
茶芽水嫩，莞尔一笑

田园遍布诱惑，阳光不再羞涩
中国最美乡村讲述春天的故事
燕子和蜜蜂回到幸福的住地
油菜花茶垄间奔跑
青春，狂野，云鬓散乱
桃花旁逸斜出
怀春，妖娆，暗喻汹涌
有少男少女各得其所
竹马袖着双手
佳人捧出佳茗

乡关何处的旅人，词不达意
把来路关在山外

白云慵懒，大雁轻盈
长久仰望，群山之上的蓝色天空
就当我从未离开
就当我离开已久
梆声零落，星月黯然
我在长安的灯火里左右为难
我在长安的通衢找不到回家的大道
洪家大院里的青苔和狮子
握手言和。泪水俯首称臣
石头开花，一世浅笑
恩爱忘记薄情
岁月忘记时间
此去经年望天涯
太阳升起的地方
依旧是长安

关垭忆

吹过山坡的风，总是那么漫不经心
吹开关垭，吹落世间的秘密
白云之上，时间背过身去
秦与楚春秋和战国
耀眼铠甲喋血箭矢折戟断剑
依然在楚长城金戈铁马
太史令卷起蔽日旌旗
安放在历史的一角

草色无边生长隐疾和暗伤
屈子携芷兰留夷荌荷
峨冠博带楚长城作歌
白天是狼烟夜晚是烽火人间是流言
和平遥遥无期战争朝秦暮楚
家国飘摇谗言蚀骨香草四散爱恨流离
发一声《天问》，唱一曲《九歌》
循着汨罗江的源头
隐匿在端午节的泪水里

龙舟散尽，月光又一次漫上来
不称你"三闾大夫"，不说伤心的郢

不辩沅湘清浊世人醉醒
今夜我们只谈楚辞歌赋香草美人
湘瑟秦箫醉眼蒙眬
影影绰绰的秦男楚女迤逦而来
牵手凭吊关垭

龙 头 村

龙潭非请勿入
白云揽镜自照
沃野风调雨顺五谷丰登
村庄和爱情望风而长
采茶女把春天攥在手心
眉目间的四月秘而不宣
这不免让人
心生烦恼　梦里不得安生
油菜花房前屋后荡秋千
桃花指指点点
蜂蝶彼此迷失
游客贪图世事可有可无

饮 茶 诀

春天尚未出场
茶舍早已命名
羽峰山顶，茶圣摊开《茶经》
关垭门廊，怀王探头张望
细腰蛾眉，柔腕温杯，醒茶。盈盈万福
眼波流转，壶中乾坤自在

一匹马的心是否就是草原
嫩生生的茶把云水踩在脚下
剑入江湖。大地上的事情
劈面惊艳的桃花
不敌牵肠挂肚的茶香

沐浴。焚香。自己点燃自己
肉身立地成佛　灵魂羽化飞天
古筝目光清虚：茶生万象

崇 文 塔

高速路上的惊鸿一瞥
目光再也无法游移
泾阳大地竖起的文化丰碑
崇文塔匡正世道人心
怀揣敬畏和虔诚
颔首低眉绕塔三匝
我听见铿然的钟声
轰然打开内心的光芒
抬头向天，苍穹之下
崇文塔直插云霄
流云在塔身写下
巨大的象形文字
阳光普照，泾渭分明

从陕南到关中
再从关中到陕南
回到汉江边的小城
围炉煮茶的冬夜
打开一本线装书
我就想起崇文塔
初相遇的怦然心动
依然在《诗经》里迢遥巧笑
泾河已远　泾河还在

茯茶镇

因了一朵金花的牵引
立秋之后
我来到茯茶小镇
那些人间烟火的建筑
茶香氤氲里的古色古香
旋转的老水车
掬一捧旧时光
霞光分割着天空
倒映着茯砖上盛开的金花
茶博馆里
神农氏慈眉善目
茶马大道上旗幡飞扬
岁月深处，出使西域的
张骞，手执汉节
饮尽一杯茯茶
茯茶小镇的出口
一片茶在水的密谋里
目送历史的烟云嘚嘚的马蹄声
收割后的大地开阔纯粹
泾河自在，岁月的风尘
在茶香里顺流而下
黑夜发出的一封信
必将在黎明时到达

秦 汉 园

这里没有战场，只有剧场
秦皇的霸气汉武的伟略
依然在这里风云际会
依然在一朵冬天的云里
酝酿一场猝不及防的暴风雪

泾河散淡，大地慵懒
三千年的风漫不经心
送别万里狼烟
把游乐场的旗幡扯得满天飞扬
大雪以后
梅林蛊惑人心
一场新的风云正在赶路

梦中的边疆

我常常打马走过梦中的边疆
浑身长满鸟的翅膀
从南疆到北疆
播下我年轻的狂想

古老的祖国啊　古老的民族
这样想着
一只羚羊目送我远行
月亮挂在天幕上

跨过高山　越过平原
穿过风光旖旎的椰子林
追寻一匹烈马一杆枪的鄂伦春
我是一顶漂泊的蒙古包
燃烧的骆驼刺点燃永不停歇的信念
抵达深入地心的吐鲁番
爱上你我就成了葡萄

祖国的边疆
一年四季的大雁
衔着阳光飞翔
梦中的边疆
打马走向远方

走过三亚

五月的阳光下
我带着一身轻尘
轻轻地,轻轻地来到你的身旁
心被美丽击中
不得不摘下世俗的面罩
展露惊喜快乐的容颜

海边的椰子树
凌厉的枝叶刺向空中
威武、雄壮、桀骜不驯
比阳光更热烈更洒脱
甘甜的椰汁
柔滑、细腻、白如凝脂
比月光更温柔更内敛
高高的槟榔树
盛开一首永不凋谢的歌

呀诺达　神秘的呀诺达
热带雨林香巴拉
三叶梅举世惊艳
过江龙世人称奇
椰子林槟榔树浩瀚如海
远远近近的黎家草寨
游弋在梦里诗里

凤凰岛　浪漫的凤凰岛
海的轻浪夜夜拍打
朦胧月光
抒写朦胧的故事
天涯海角
有相守也有别离
有幸福也有忧伤

亚龙湾　清清的亚龙湾
我不知以何种姿态接近你
在流淌的岁月里
我是作为一朵浪花呢
还是一尾鱼
期待岁月有朝一日的打捞
让我的生命走进你的永恒

欸乃声声　摇橹的少女娇小而妩媚
鸟的定格拍动
天空在翅膀上殷殷地
翻动一片一片的意境
三江水南海潮
摄下季节青春的背影
浪花的深处是岁月
岁月的深处是海

沙滩，碧海，蓝天，夕阳
鹿，一只奔跑的鹿
站在椰子树下
回望最后一抹晚霞
少女和红帆船
静静地在最后一声鸟鸣里
融入夕阳

瀛湖泛舟

这个季节　泛舟瀛湖
心如拔节的稻穗抑抑扬扬
身后的忧愁渐行渐远
代之以无虑的澄澈

天高云淡
山头凌厉的鹰隼
眼眸徐徐划过岁月
蓝天降进湖里
白云落在鸭上
而渔人一根篙
把春赶进秋

两岸翠峰俊秀的侧影
乌龙般潜卧水底
水离不开山的呵护
山离不开水的滋润
这是一种自然的和谐

残阳晚照　碧波如血
半江瑟瑟半江红冲口而出
银帆点点　远方
一群白脖子鸟点水而飞
衔起我小小的快乐

化龙山密语（组诗）

走进化龙山

无数次描绘化龙山
一百种颜色的执念
青绿嫩绿黄绿碧绿墨绿水晶绿
橘红杏红橙红紫红酒红宝石红
月白云白米白乳白银白象牙白
既有达·芬奇的神秘也有凡·高的热烈
还有大写意的恢宏

无数次走进化龙山
每一次都有新奇的发现
每一次都感受着自然的美生命的好
山花烂漫，林间飞瀑探头探脑
草木葳蕤，绿云追赶着流云
一路向东的风吹红向阳的山坡
雾凇傲然，银盔银甲屹立山巅
天空巡视的金雕
饮水的兽　捡松果的松鼠
敲击树干的啄木鸟
枝间一跃而过的林麝

低眉顺眼的毛冠鹿
机敏的云豹　大大咧咧的黑熊
自带流量的蓝喉太阳鸟
落落大方的三尾褐凤蝶
振翅欲飞的鸽子花
面南而立的红豆杉
排兵布阵的冷杉、青杆、长序榆、龙卷柏
绝不放过肉眼可见的高地
针脚细密的荚果蕨、延龄草、黄堇、杜鹃
缝缀化龙山的衣襟
司空见惯的丝茅　行色匆匆的蚂蚁
大地上的动物和植物
这些亲爱的兄弟姊妹
它们都是化龙山的孩子
它们用个体的生命
汇聚化龙山的呼吸

走进化龙山
我总是心怀愧疚
总是把林间的雾看成连绵的泪水
过往的岁月里
我们对自然界犯下的错
在化龙山得到了救赎
没有任何醒悟不会被宽恕
没有任何迷恋比对化龙山更深
没有任何修辞可以描摹化龙山的神韵
巴山秘境，2918米的海拔
化龙山就是主语

一条河的生态美学

化龙山接纳露珠和雨水
这些爱哭的孩子
汇集，涵养，排列组合
羽翼丰满之后
化龙山给它们取上熨帖的名字
岚河、南江河、黄洋河
河们不顾大鲵的挽留
它们从化龙山出发
终归要回到化龙山
怀揣初心和使命
一条河走进一条河
一条江融入一条江
苍穹之下
大地上的洪流
涌动生命的源头
滋养一切又回归一切
树的汁液，庄稼的根须
花瓣草尖晶莹的目光
跳跃的兽　飞翔的鸟
美丽的城市和乡村
风追着云，云笼着山
一条河的生态美学得到圆满的呈现

飞翔的鸽子花

化龙山孕育的精灵

高处的光
枝头点燃的灯
平铺直叙的日子
一种惊喜飞流直下
一座山的记忆
盛开六千万年的等待
午夜醒来的白月光
探访一朵花的秘密
冰绡的花瓣
翕动一座山的密语
蓝天蓝　白云白
天地间的纯粹和热爱
在一朵花里安家
有风来朝
一朵花的内部
雷霆呼唤着闪电
碧浪滔天
飞翔的鸽子花
化作白帆点点

相遇毛冠鹿

冷杉树下，荚果蕨挤挤挨挨
毛冠鹿悠闲地啃噬蕨尖
也许是过于关注眼前的食物
也许是常年的安宁祥和
让它没有了传说中的机敏
十米之外，我注视着
毛冠鹿的一举一动

它抬头望一望我
一脸的天真和信任
额头一簇马蹄形的黑色毛发
像极了邻家的男孩
机会不能错过，虚荣心怂恿
我录一段炫耀的视频
指尖刚搭上兜里的手机
毛冠鹿拔足狂奔
竖起的尾巴扯起一面白色的旗
一溜烟消失在密林深处
荚果蕨兀自摇晃惊魂未定
想这以后，忍饥挨饿
毛冠鹿只能在夜色的掩护下
盲目地摸索食物和水
如果不曾相遇
如果互不打扰
自责像黄昏滚动的阴影
压得我喘不过气来

与冷杉书

化龙山入口
一棵冷杉迎接着我
它和一块路标站在一起
挺拔，阳光，活力四射
像极了青涩的少年
风携着我的问候
冷杉拘谨地微微颔首
它的膝下，八角莲

狭叶瓶尔小草笑作一团
熙熙攘攘中
百万冷杉吞云吐雾
与蓝天白云呼应
完成了对一座山的合围
这树望着那树高
受了匍匐枸子的蛊惑
我手脚并用攀上海拔2800米的鹰嘴崖
一棵冷杉傲然若鹰
抓住巨石的飞檐稍作停留
裸露的根泛着青铜的光
树干龟裂，菱形的裂痕里竖着
一只只眼，笑看风云

一粒米的江山

我愿意在秋天
在大荒源谷
散尽千金
我愿意在一粒米中
打开秋天,收获一世的恩情
头颅和鲜血
在一粒米中酣畅地呼吸

我愿意忘却一切,连同世界
只留下自己,在松嫩平原
听稻子在体内生根、发芽、分蘖
稻花香里,把蛙鸣拿来下酒
把自己交给月光
在嫩江秀水浮沉
在一朵浪花里长眠不醒

长风吹啊,一粒稻子的金黄
唤醒野马奔腾的眼神
阳光温煦,光阴娴静
大地之上,万物不再是一种负担
生命尽显从容之美

肇源！肇源！生命之源！
水声溅溅，境由心生
六万亩的黑土
六万亩的黄金
一品江山　遍地英雄

第三辑 幸福生活

人民江山,放牧豪迈和辽远
骏马奔腾,羊群迤逦,雄鹰翱翔
海鸥与军舰温柔以待
月光下的城市和村庄
弥漫康乃馨的梦

把初心写在大地上

人民江山,放牧豪迈和辽远
骏马奔腾,羊群迤逦,雄鹰翱翔
海鸥与军舰温柔以待
月光下的城市和村庄
弥漫康乃馨的梦
左是九曲黄河
右是万里长江
一艘船,从南湖出发
承载民族复兴的希冀
一支军队,为人民解放
扣动正义的扳机。革命的
火把照亮二万五千里
初心是井冈翠竹是延安小米
初心是森林和草原
不忘初心、牢记使命
实现中华民族伟大复兴的中国梦
成为时代的最强音
红船劈波行,精神聚人心
新时代,新思想,新征程
人民对美好生活的向往
就是我们的奋斗目标

56个民族同唱一首歌合撑一艘船
向着美好的明天进发
美丽中国说出
960万平方公里的锦绣前程

金色誓言

火红的七月，万山碧透
洁白的鸽哨响彻天空
我和你　和千万人
面对鲜红的党旗
重温那些初心不改的句子

时间回溯到1921
沉疴已久的中国
山河破碎，家国不再
流离失所的人，在
大地上一片片倒下
怒目圆睁的天空
成了无法抵达的明天

十月革命一声炮响
觉醒的人，怀揣马列主义
聚集在南湖红船上
写下一个政党的红色宣言
南昌起义的枪声，电光石火
划破漫无边际的黑暗
星星之火　可以燎原

红色的洪流涤荡人间尘埃
阳光遍布希望的田野
我和你　和千万人
用握锤头镰刀的手
写下金色的誓言

同心共筑中国梦

北上，北上
朝着"五一口号"指引的方向
北上，北上
顺着灯塔引领的航向
怒吼的香江啊
让波涛更汹涌
让劲风更迅疾
暴风骤雨算什么
激流暗礁算什么
北上，北上
从香港到解放区
奔向启明星升起的地方

三大战役的隆隆炮声
奏响新中国诞生的宏伟序曲
东方欲晓，驱散头顶盘桓的乌云
四万万同胞看到新生的曙光
百年屈辱，百年血泪，百年迷茫
1842，《南京条约》
中国坠入半殖民地半封建社会的深渊
为了寻求民族独立和解放

无数仁人志士抛头颅洒热血
无奈积疴太深枷锁太重
呐喊消失在荒原里
彷徨走失在黑暗中
多灾多难的中国千疮百孔
奄奄一息的雄狮任人宰割
只有共产党才能救中国
只有共产党才能解放中国
中共中央运筹帷幄审时度势
1948年4月30日发布"五一口号"
各民主党派、民主人士和海外华侨
纷纷通电响应:"让我们北上
让我们加入新政协的队伍
迎接新中国春天的来临吧!"
多党合作,民主协商,共建伟业
最广泛的爱国统一战线
寄托着炎黄子孙的希望!

"喜看稻菽千重浪,遍地英雄下夕烟"
1949年9月21日至30日
民革、民盟、民建等46个单位
宋庆龄、李济深、张澜等662名代表齐聚北平
他们有远在天涯、冒险归来的海外志士
也有僻处内地的苗、彝、黎、藏族同胞……
中国人民政治协商会议第一届全体会议
宣告了中华人民共和国的成立
通过了具有临时宪法性质的《共同纲领》
决定了国都、纪年、国歌、国旗
662名代表投下庄严神圣的选票

"人民大救星"毛泽东当选中央人民政府主席
祖国,朝气蓬勃
祖国,欣欣向荣

我的祖国,半个多世纪以来
960万平方公里的土地上
虽然也出现过跳梁者的杂音
但正义的怒吼大浪淘沙
谁背叛了人民
谁就会遭受
人民的审判
人心向背,自古皆然
十一届三中全会的胜利召开
宣告了"四人帮"的破产、"浩劫"的结束

1978年初春的北京
虽然有着丝丝的寒意
但春天的讯息扑面而来
迎春花引领季节的旗帜
金黄的生命高擎早春的献礼
春雷阵阵,奏响春潮澎湃的乐章
全国政协五届一次会议继往开来
结束了因"文革"浩劫停开13年的历史
人民政协踏上了新的征程

"我是中国人民的儿子
我深情地爱着我的祖国和人民"
因为信仰、忠诚、情怀和担当
继一代伟人毛泽东、周恩来之后

邓小平举起了人民政协的接力棒
拨乱反正，改革开放，"一国两制"
我们的总设计师挥斥方遒
写下了光辉灿烂的新篇章

改革是中国的第二次革命
中国的革命从农村开始
中国的改革也要从农村开始
中国农民，对土地顶礼膜拜
包产到户，在播种和收割之间
饥饿的阴影在阳光下消弭于无形
科学种田，结构调整，农林牧渔
中国农民，捏住了致富的钥匙

走自己的路，建设中国特色社会主义
打开国门，让中国走向世界
让世界了解中国。世界并不太平
西方反华势力的觊觎
中西文化意识形态的交锋
风起云涌，一幕幕在国门上演
山重水复，那就摸着石头过河
我们的总设计师
用超凡的雄胆英魄
"直挂云帆济沧海"
抵达柳暗花明的彼岸
"发展才是硬道理"
我们的总设计师
用全世界都能看见的手臂
在祖国的南方植下一片森林

飞翔的百鸟，把绿色的种子
播向大江南北长城内外
装扮一个又一个春天

紫荆莲花齐盛开，改革开放铸辉煌
如期回归的香港、澳门可以做证
一日千里的深圳可以做证
绚丽的东方之珠可以做证
飞架南北的黄浦大桥可以做证
天山上的雪莲可以做证
还有长江长城黄山黄河
共和国每一个春天每一缕春风
它们都最先感知

改革的春风越过了秦岭
改革的春风吹绿了巴山
从沿海到内地
从南方到北方
从唐古拉到山海关
华夏大地东风浩荡
秦巴添新色
汉水涌春潮
鹰击长空，气贯长虹
秦巴腹地的紫阳，也和全国一样
用改革的钥匙打开发展的锁
35万人民踔厉奋发斗志昂扬
人民政协顺势而为凝聚各方力量
政治协商，用忠诚托起担当
民主监督，用真诚换来信赖

参政议政，用智慧成就事业
田间地头，把脉"三农"打基础
千家万户，问需于民知冷暖
学校医院，问计于民知虚实
荣辱与共，问政于民知得失
深入群众，一步一步丈量着民心
建议提案，一字一字反映着民意
"潮平两岸阔，风正一帆悬"
紫阳广场，夙愿成现实
三桥飞架，南北变通途
观江长廊，山城美如画
高速公路，千里若咫尺
普九达标，教育兴紫阳
国卫创建，健康新生活
东来书院，文脉永传承
产业铺就致富路
乡村盛开幸福花

"纸上得来终觉浅，绝知此事要躬行"
脱贫攻坚，用齐心建成小康社会
经济建设，用精心书写精彩答卷
产业发展，用细心抓好增收环节
文学艺术，用真心创作滋养人心
三尺讲台，用爱心传道授业解惑
温馨病房，用良心诊治救死扶伤
矛盾调处，用耐心彰显司法温情
"撸起袖子加油干"
无论烈日高照还是风雨如晦
每一个行业每一个岗位都有着

政协委员奋斗的英姿

新时代催生新思想，新思想引领新征程
"两个一百年"奋斗目标催人奋进
"五位一体""四个全面"擘画宏伟蓝图
"一带一路""构建人类命运共同体"
写入联合国决议，聚焦五大洲目光
历史性成就和历史性变革
为各国人民贡献了中国智慧中国方案
"神九"飞天，"蛟龙"入海
钓鱼岛领海日常巡航常态化
"南海仲裁"成为一张废纸
改革国防，重塑军队
人民的钢铁长城坚不可摧
"抓铁有痕，踏石留印"
"壮士断腕，刮骨疗毒"
"老虎""苍蝇"一起打
铁锤敲直腰杆，镰刀刈除荆棘
"两个确立"把舵定向领航
"四个意识"筑牢思想根基
"四个自信"坚定理想信念
"两个维护"凝聚党心民心
人民政协高扬团结和民主
同心同德，找到最大公约数
肝胆相照，画出最大同心圆
中国梦，复兴梦
人生因梦想而精彩
国家因梦想而强大

用一朵桃花打开春天

马道梁不甘心藏在联沟
虽然左边是沟右边也是沟
马道梁就是长在水里的盆景
当地人把溪叫沟
因为这样亲切
这样就把溪搬到了房前屋后
下雨的时候
檐沟就是联沟人的诗和远方

马道梁不甘心藏在联沟
这和村里的一个后生不谋而合
后生三十年前高考落榜
春天在马道梁放牛
萌生了闯天下的想法
顺联沟走汉江
在一个叫壶口的地方过了黄河
打拼得再累
每年春节都要原路返回
联沟的鱼在梦里游
马道梁的花在梦里开
回家的路越走越宽

水泥路铺到了家门口
河谷阶地的茶翁郁蔚润
对面的马道梁更显苍老
在乱草丛里昏昏欲睡
后生下定了回乡创业的决心
他要把《西游记》里的花果山
搬到马道梁，让马道梁长成
天地间最美丽的盆景
挖掘机轰鸣
儿时的玩伴众人拾柴
林业站专家悉心指导
产业扶贫连通了水电路
一年栽树两年开花三年结果
中桃蟠桃油桃冬桃
从仲夏到初冬
月月桃红日日果香
梦想照进现实
后生流转了千亩土地
他把联沟变成花海
时令一到，一夜间桃花全开
花间没有酒，有的是城里的游人
村民的欢喜桃花看得见蜜蜂听得见
家家栽花户户养蜂
桃花画出春天的美
桃花酿造生活的蜜

和一只蜜蜂对话

春风不止一年一度
再一次来到联沟
枝头的小兄弟
比去年忙得更欢
人面桃花也好
红袖添香也罢
蜜蜂的眼里只有桃花
一丝两缕的炊烟
抓住了内心的幸福
对于喜欢的事
不必无端厌倦
怀旧的人，比任何灌木
都燃烧得炽热。长久注视
马道梁的桃花
一只蜜蜂
说出联沟的甜

为村民打开一扇扇窗

天是雨后的
树是春天的
乡间的山水年年美丽
贫困是阳光下蛰伏的阴影
无法在春天冰雪消融
无法让村民的笑
在溪水里碧波荡漾
脱贫攻坚工作队
携十万吨阳光一同抵达
翻过一座座山
爬上一道道梁
脚步丈量一条条路
汗水温暖一缕缕情
走进土墙石板房
为村民打开一扇扇窗
让阳光进来,让花香进来
让喜鹊的口信进来
院落会小组会村民会
从闷头抽烟到敞开心扉
从顺其自然到顺势而为
从安于现状到决战贫困
向日葵面向太阳
结出丰满的籽实

紫阳,我可爱的家乡（组诗）

茶 乡

春风像一把柔软的梳子
轻轻地梳理着冬天的残梦
青青的茶山绿色的海洋
张开一枚枚鹅黄的雀舌
叫醒了紫阳的春天
这时的采茶女
伸出梨花白的手指
弹奏生活的乐章
秀丽的脸庞比桃花更妖娆
水波流转的眼睛比瀛湖更深
辽阔的心田盛开金色的希望
照亮了漫山遍野的油菜花

一只翠鸟在头顶盘旋
两只蝴蝶在裙边蹁跹
地畔头悠扬的笛声
是哥哥软软的舌头
哥哥哟,你按住笛孔
就按住了妹妹的心房

沉醉的夕阳撩开西天的帷幔
瀛湖的船头坐着茶乡的妹妹
哥哥荡开双桨
歌声落英缤纷
驶向那芳草鲜美的地方……

歌 乡

白发奶奶倚着门框
低唱民歌就回到了从前
那时的奶奶
扎一根乌黑油亮的长长的辫子
着一身碎花格子衣衫
常常在社火晚会上
拔得赛歌的头筹
民歌在大地上传唱
麦苗青了又黄黄了又青

早起的奶奶轻倚门框
浅浅地唱起了茶歌
三三两两的小学生
轻哼着老师昨天教唱的民歌
这时的奶奶，目光慈祥
一副很满足的样子
当一年一度的茶香弥漫青石小巷
奶奶对我说："十八岁那年，我就成了采茶能手呢
政府还发了奖杯奖状！"

柴米油盐酱醋茶，如今

民歌成了紫阳人的第八种物质
犹如鱼之于水，树之于土
无论白天还是夜晚
峰巅还是溪边
到处是跳荡着的民歌的音符
喜也唱来悲也唱
乐也唱来伤也唱
唱就唱他个万马奔腾
唱就唱他个荡气回肠
唱出个中国民间艺术之乡

橘　乡

万亩橘林铺江边
红灯盏盏挂枝间
汉水两岸歌声亮
紫气东来好风光
深秋的清晨
欸乃的桨声划破宁静的江面
几只水鸭惊慌失措
一个猛子扎进水底
李典，一个省城的摄影玩家
一个戴着鸭舌帽蓄着大胡子的中年汉子
牛仔裤上的破洞
像他张开的嘴
兴奋得馋涎欲滴
手中的相机
闪动着惊奇的眼睛

有隐约的歌声飞来
自橘林的深处
李典举目搜寻
弯弯的山道上
流动着一背篓一背篓金色的橘子

李典登上返程的火车
旅行包里装满了橘子

汉水寻梦

一

今夜，所有的梦溯流而上
所有的梦汇聚在宁静的港湾
所有的梦不再倾诉
所有的梦侧耳聆听
所有的梦在春天里
去赶一场花事
伸展的枝丫
把星星和闪电抱在怀里

月亮的袖箭，这些夜的精灵
这些不眠的尘世的光芒
穿过轻纱的雾
泻落在记忆的水面
凝碧的闪亮的波涛
轰然打开情感的闸门
欢笑和哭泣
骄傲和失落
在静穆的月光下
透明而朦胧

美丽又含蓄

二

我来到你身旁
不为别的,来了就是来了
听一听芦苇拔节的声音
看一看夕照中的鹤影
渔女水一样的歌声
没过了我的头顶

我来到你身旁
水之湄浣衣的女子,柔腕似雪
一圈一圈荡漾的涟漪
涌动青春的梦
上善若水,泽万物而不语
浣女因你而妩媚

我来到你身旁
带着无尽的思念和忧伤
看一看夕照中的鹤影
听一听芦苇拔节的声音

三

多少次了,当愁绪爬上我的黑发
你用你的清波,默默地
涤尽我心中的尘埃
多少次了,当希望被失望浇灭

你用你的浩渺，告诉我
一己之悲欢只不过沧海之一粟

你是一部凝固的历史
你是一条文化的长河
先民的足迹仍在河谷阶地熠熠生辉
雎鸠的鸣叫犹存在河之洲萦绕低回
远去的脚步
重新走过岁月的沙滩
昨夜的星辰
闪耀在今夜的天空

你就这么流着
秦楚的血脉
流淌着绿色流淌着梦想流淌着生生不息
穿越三千里繁华绮丽的梦
于今夜的水面
绽放一朵奔跑的莲花

故 乡 书（组诗）

汉 王 城

大风吹落天空
吹不落日月
汉水埋葬铁马
埋葬不了流沙
俯首和仰望
岁月的瞳孔
恰好装下一座城池

传说是原上的丝茅
握紧一个王朝的根须
阳光的大营里
五色旗昏昏欲睡
冷不丁爆出汉调二黄
城池不恼
就像花的引爆
春天不恼

我注视着汉王城
一如有生之年

注视着镜中的自己
额头上的纹路
说出流水的方向
闭上眼睛
白云低头看见
油菜花一样席卷大地的
万乘之骑

马 家 营

风吹过马家营,一片苍茫
雪飘过马家营,一片苍茫
只有雨来过
却突然绿了
亲人在梦中醒来
大地在春天醒来

门前是一条河
东沟河是它的乳名,从沟到河
要经过多少年的修炼
穿溪越涧的长征
可浣衣濯足,可开怀畅饮
可生日月,可长鱼蟹
滋润得马家营人丁兴盛
六畜兴旺。稻花开了
东沟河涨满此起彼伏的蛙鸣

屋后是南山
青冈木小橡树比肩而长

松柏互相拥挤志在天空
太婆每年春天种下一棵树
世故的喜鹊斑鸠云雀赶来相伴
清晨鸡叫的时候
南山的小兽照例去东沟河饮水
蹑手蹑脚不惊起一丝风声
太婆不喜欢无端地打扰
山下院子里的人
挽起裤腿做好自己的事
春天送一束山桃花
秋天送一树
果实累累

房前是一条河
屋后是一座山
我的河山　马家营的
河山　祖国的河山
河里光腚的小子
山上捡红豆的丫头
在炊烟的注视下
一茬撵着一茬长大
就像东沟河的水
走汉江入长江
奔向祖国的四面八方

岁岁念

已经腊月二十四了
中国南方人的小年

儿女还没有回家的准确日期
妈妈每天三次电话
让我们姊妹别急
自己的头晕好多了
被子全部拆洗好
换上了新的床单
妈妈每打一个电话
我就看见她的眼神
望眼欲穿。妈妈按住胸口
只是怕一不小心
顺口说出让儿女心急的话
当听说嫂子提前回家
常年腿疼直不起腰的妈妈
扔掉拐杖，一口气小跑到村口
这让留守的老人和孩子奔走相告
上了马家营的头版头条
哥哥回来了，我也回来了
妈妈说：这是清秀杀的鸡
这是小红买的鱼
妈妈说这话时
展现出万里无云的笑
大年三十到了
十四亿人的狂欢
贴春联　贴年画
妈妈绝不多言多语
把爸爸推向前台
年夜饭丰盛隆重
妈妈的欣慰
爸爸的幸福

子女的开心一醉
情深意长的乡亲登门
妈妈总是一脸欢喜
几年不喝酒的爸爸
也会频频举杯
向逝去的岁月致意
初二过后
大姐回凤堰那天
妈妈情不自禁地叹了一口气
接着二姐回汉王城
妈妈紧抿着嘴唇
哥嫂回安康的时候
妈妈强颜欢笑
说自己会照顾好爸爸
我离家的时候
我走得快
妈妈走得快
我走得慢
妈妈走得慢
我不敢回头
只听见妈妈气喘吁吁
我即将转过沙湾的时候
再不回头，山嘴就会隔断我的视线
这时的妈妈，坐在冰冷的石头上
默默目送着我的背影
扬起的白发弥漫了炊烟
我脚步向前　只是为了甩掉
不争气的眼泪

我只是想

我只是想
做一粒露珠
滑过秋天的面庞
眼波流转
向阳的山坡穿梭的牛羊
流光溢彩

我只是想
做一片红叶
打开天空
打开大地
乘一条河流
打捞夏天的流觞

我只是想
做一阵清风
在桂花香里安家
永生斟满的酒杯
浇一地月光

我只是想

做一颗石榴
贝齿轻启
说出，说出秋天
不为人知的秘密

我只是想
重回童年的村庄
看时钟停摆的午后
温暖的炊烟百花齐放
轻轻地　轻轻地
盛开尘世的幸福和忧伤

有这样一个早晨

华为说七点了
催我赶走喋喋不休的梦
我望望窗外望望行走的人
开始刷牙洗脸剃须
为新的一天热身

阳光还没出来
这是冬天惯用的伎俩
看着瑟缩的行人
雾霾在落叶里幸灾乐祸
驶过的公交
无声无息
世界都失聪了
告诉你什么是寂寞

靠着一棵香樟
靠着一树绿色的希望
给ZY打电话
多么温暖
我听到树汁的奔流

一树阳光

莫名的感动
只是为了一树阳光
两位老人,坐在
广场的月桂下
谈论季节和天气
时不时摘下眼镜
对着太阳
透视过往的青春岁月
阳光漂白的头发
闪烁银器的光泽
一只鸽子
安详地踱着方步
像身着燕尾服的绅士
我抓住阳光一抖
它瞪我一眼
把阳光拍打得噼啪作响
一只蚂蚁
低着头
行色匆匆
它说必须赶在霜降前归家
阳光照亮了它的前程

牵　手

婆婆和媳妇
是前世的母女
你们，用爱的针线
缝补着今生的缘分和幸福
一针一线，把平铺直叙的日子
连缀得和和美美

一副叫家的担子，压在肩头
媳妇在前，婆婆在后
一日三餐，浆洗缝补
家长里短，邻里帮衬
平淡的日子也可以调和得有滋有味
头白了，腰弯了
岁月的底片依然是相互搀扶的背影

牵手走过岁月
爱在左，幸福在右
阳光洒满庭院
老人安乐慈祥
孩子的笑声在枝头绽放
爱是掌心里的温暖
攥紧了就是家的幸福

阳　光

这一刻终于来临
光明的预示
未来的福祉
红梅，白雪，飞翔的鸽子
悠扬的钟声
向上的手
新年羞答答的阳光

鸟的柔语
顺着阳光潜入我的耳朵
楼顶，行道树，街心花园
随处都能见到鸟们轻盈的身姿
人们与鸟们融洽相处
他们同是世界的主人

阳光灿烂
阳光穿过熙熙攘攘的人群
阳光用温暖的手
敲开关闭的门窗
阳光给新生儿第一声啼哭
送去名叫希望的礼物

狂欢仍在继续
慈祥的老人
高蹈的青年
拍着双手的孩子
阳光呵呵笑了
阳光指向的居所
洒满阳光……

微笑吧朋友

穿行在拥挤的十字路口,朋友
请遵守交通规则
请利用等待绿灯的间隙
沉淀一下纷乱的思绪
找回澄澈的心境

徜徉在美丽的街心花园,朋友
请遵守社会公德
请爱护每一株草每一棵树每一朵花
它们都是自然的孩子
吟唱着季节的音符

坐在拥挤的公交车上,朋友
请关心孕妇、老人和孩子
请给予他们渴望得到的爱心
付出的是真诚
收获的是微笑

奔波在生活的风里雨里,朋友
请闲暇时抬头看一看晴朗的天空
请用阳光般的笑
握住对方的手
告诉他——世界很美好

有一种幸福叫安好

有一种幸福叫安好
云可以淡
风也可以轻
碎碎的花
开满绿萝悬挂的小径

有一种幸福叫安好
在路上累了
找一块山石
看日出,看流岚
看过往的风景

有一种幸福叫安好
朋友知心
彼此什么也不说
就让祝福在心底
长成一棵开花的树

有一种幸福叫安好
留一份快乐给自己
留一份心情给自己

有雨的日子
留一把伞给自己

有一种幸福叫安好
在大地种植粮食和蔬菜
闲暇的日子
燃一缕炊烟
执一卮温酒

有一种幸福叫安好
心有力地跳动
肺欢畅地呼吸
血的潮汐
依然纤尘不染

有一种幸福叫安好
此刻和一束阳光
在冬天
在冬天的银杏树下
静静地相逢

橘子红了

在初冬
在大雾压江的清晨
你用小小的灯盏
点燃季节阴郁的眼睛

百鸟的啁啾去了
只留下枯萎的记忆在枝头摇曳
最后一朵菊花
憔悴成苍白的灰烬
收割后的原野
无遮无拦　干净单调
你一袭红裙　莲步轻移
走上季节的舞台
世界不再一无所有

橘
握住你
我们就握住了甜蜜的生活
打开你
我们就打开了幸福的源泉

东 风 吹

东风吹过山坡
一副旧年的模样
不疾不徐,絮絮叨叨
像极了采茶一生的阿婆
茶垄间的阳雀儿心生欢喜
大地从春天醒来
春天从茶山醒来
桃花红菜花黄
心甘情愿
做了茶山铺排的背景

阳光展开温暖的翅膀
风吹往哪里
它就飞向哪里
茶芽低眉顺眼方言婉转
放纸鸢的蝴蝶听不见
被乱花迷眼的蜜蜂听不见
只有风听得见
风中的采茶女听得见

采 茶 女

这样的时节
细雨纷纷
滋润采茶女的心
清澈见底

情不自禁　放开了喉咙
采茶歌是雨中的乳燕
飞越千山万水
从不歇息　直到地老天荒

采茶女是故乡的一汪清泉
眼波流转
浸泡得四月
回味悠长

采茶女　茶山最美的花朵
迎风而立　香满故园
我愿做你指间的一枚茶芽儿
唤醒小荷尖上的那只蜻蜓

绿 茶 帖

独对黑夜的内心
跌坐时间的边缘
看片片茶叶
在燃烧的水中
曼妙地轻舒广袖
柔软的躯体
忽上忽下　云卷云舒
拍打着阳光的翅膀

绿茶，我诗歌中最亮丽的一篇
夜夜走进无垠的梦
与灵魂轻言细语
绿茶，无论前世还是今生
你是我孤独的朋友
比酒更醇烈更沉醉
淡淡的苦涩　长长的幽香
情人的泪在芽尖闪亮
盛开的思绪爬上春天的胸膛

穿越岁月的风雨
行走生活的山河

绿茶依然灿烂依然青翠欲滴
采茶女洒落的歌声
悠然在枝头泛绿
既然不能相忘于江湖
那么就红尘共度
掬一捧中泠水
浇灌床前的月光……

茶,是你让冬夜春光明媚

寒冷的夜里
偎着火炉
揣摩陆羽《茶经》
那些若隐若现的句子
像片片茶叶
沉浮在岁月的水面

有隐约的茶香传来
像朦胧的月光
明明灭灭的渔火
袅袅绕梁的余音
温暖寒夜和
寒夜深处无眠的人

那么就沏一杯茶吧
轻些,再轻些
别惊动夜色里盛开的梅花
看银浪翻卷
看片片茶叶
重新回到春天

转动一杯茶
转动白雾迷离的记忆
那些远去的人和事
重新回到今夜
一些岁月打开另一些岁月
一些人想念着另一些人

茶叶回到水中
一如季节回到春天
浸泡得冬夜
春光明媚
浸泡得一颗心
鸟语花香

奔跑的油菜花

窗外的春天叫声一片
从故乡出发的油菜花
带着三月上路了
极目秦天
汉江潺湲　草色无边
儿时的牧笛
青青悠然在杨柳的枝头

春天的油菜花
总是这么狂野
青春一览无余
排山倒海的雪松
高过天空的欲望
又一次被油菜花汛淹没

油菜花汛深处的吴家花屋冯家堡子
有着岁月怎样的秘密光阴的故事
潮起潮落的油菜花
把春光明媚的爱情
演绎得地久天长

南风轻轻地吹
油菜花明眸皓齿
每一座山每一棵树葳蕤葱郁
大地尽染
无垠的美让我无所适从

把目光轻放在一朵花上
让思绪衔着阳光飞翔
海阔天空的心啊
美丽中国
一路花放

从故乡出发的雪

从故乡出发的雪
像一群善良的羊
在每一座山每一条河
缓缓举蹄而轻下
青青的炊烟缥缈在山坳
红红的梅花映亮窗台

从故乡出发的雪
覆盖每一个屋檐的梦
燕子的空巢
让雪突然想起
一季姹紫嫣红的呢喃

从故乡出发的雪
走得很远很远
从故乡出发的雪
一直就在身边
渡口对岸，你的背影
点亮春天的眼睛

雪落在中国大地上

雪落在中国大地上
落在我英雄的祖国
落在长城黄河长江
落在南国　落在北方
温柔蓬勃的城市与村庄
山河壮丽　紫岚氤氲
雪　涅槃重生
熔铸我母语的脊梁
雪　白衣天使
微笑在我玫瑰的梦中
雪　梨花朵朵
盛开在春天的诗行
雪落在中国大地上
感恩的农人泪盈眼眶
瑞雪兆丰年
这预示的风筝
飘临中国

炊烟升起

你在西山采薇
我在东山刈葛
阳光下旋转的歌声
闪烁苹果的光泽

采薇　刈葛
刈葛　采薇
时间的红狐在东山西山间飘然掠过
它回一回头
听见夕阳与山的碰撞

风吹动露珠的气息
我们在星星的牵引下归家
炊烟在月光下旗一样升起
温馨淹没了一世的村庄

民　歌

一声鸽哨
把蓝天擦得通体透明
纷纷扬扬的记忆
凝结在露珠上闪光
阳光下飞舞的歌声
一阵风　一片云　一朵鲜花
她们都是民歌的影子
紧跟在我们的身后

两岸的青山葱茏滴翠
民歌就是跳跃的鸟鸣
一江的白帆点点
那是民歌漂浮在岁月的水面
我们这些幸福的孩子
吸吮着民歌的乳汁长大
我们的血液跳荡着汉水的音符
我们的骨骼蕴藏着巴山的力量
我们的心跳和着民歌的韵律
我们心灵的原野
四季常青　鸟语花香
放牧着生生不息的民歌

炊烟袅袅的民歌
落地生根的民歌
比刀更锋利比水更温柔
如果你恨　就用民歌
让对手体无完肤
如果你爱　就用民歌
把玫瑰放进爱人的心房
长发轻飏的民歌
明眸皓齿的民歌
比语言更纯粹更犀利
英雄气短　儿女情长
民歌笑吟吟走在春天的路上

春　耕

一粒种子就是一抹春天的绿
农人皴裂的手
抚摸着种子
热泪已盈满眼眶
顺着犁耙指示的方向
深入土地质朴的内心
新翻的气息使人深深迷醉
希望在褐色的锄把上开花结果

农人　你弯腰的动作
构成柔韧的弧线
从事农桑　你比我更明了
播种和收获间的奥秘

锄　头

锄头　农人嵌进大地的手
春天播种希望的铁器
比金属更坚毅比水更温柔
它常常顺着散发光芒的手指
照亮旅人梦中的花朵

在太阳千年的注视下
锄头的唇与泥土的亲吻
带给人类金色的爱情
在我很小的时候
在我咿呀学语的时候
从父母长满胼胝的手掌
认识了锄头
我第一次抡起锄头
我浑身的力高擎空中
我听见大地内部的战栗
母亲慰藉而怜爱的一瞥
告诉我
锄头的本质
是幸福的唯一源泉

在这个世界上　无论
贫穷抑或富有
安逸抑或流浪
我都紧攥这把锄头
播种大地
耕耘诗歌

农 民

用生命亲近土地的人
耕耘出葳葳蕤蕤的植物
它们坚韧的根须　是你的知己
你用躬耕的方式
在大地写满绿色的诗行
作为对土地最真诚的感恩

在日头下锄禾
小小的草帽抵挡不住阳光的箭矢
你甩开草帽甩开衣衫
任凭汹涌的汗水在黧黑的肌肤澎湃
蜿蜒汇入脚下的泥土
这时你感觉土地其实是你身体的一部分
土地在滋养你的同时你也滋养了土地
穷其一生　落日是你雄浑的背影

紧握镰刀和犁铧
沿着二十四节气的台阶
从年头走进年尾
储起的粮囤的尖脊
早已镌刻你金质的宣言

牧　童

倒骑黄牛
噙一枚绿叶化支叶笛　吹奏
晨雾忽闪闪地飘
太阳滴溜溜地跑
鸟儿脆生生地叫
日日相伴如影随形的老牛
是你唯一的部下
你总爱双手叉腰
品味老牛一口口咀嚼

老牛的眼睛　和你一样
滚动圆圆的真诚
眨眼是你俩交谈的方式
老牛舔你的脖子是无言的感激
你拨弄牛耳是另一种抚爱
你最先看见季节醒来
一株梦幻的新芽滋生得快乐又蹦又跳
想着老牛将吃上绿油油的食物
你甩给太阳一个飞吻
牧童倒骑黄牛
吹响叶笛
吹出一天霞光

算黄算割

这是六月　阳雀儿欢快地鸣叫
仿佛一只纤细的手
轻按笛孔吹奏清脆的音符
算黄算割　算黄算割
父亲头戴用勤劳编织的草帽
走进生长诱惑的土地
火辣辣的双眸　被
阳雀儿婉转的啼鸣
擦得雪亮
乡亲们挥舞银色镰刀
刈着连接天外的黄金麦浪
展翅的大鹏　在
原野上飞翔

父亲坐在田垄上　抽着烟
默默地看我　弯下腰
收割固执的民俗和质朴的农谚
午后的阳光　将
我的影子钉在大地上
像一枝饱满的麦穗
深入父亲喜悦的内心

这对鸽子

在我低头温存的刹那
一对圣洁性灵的白雪鸽子
自母性的巢穴
飞入我双眼洁净的天空
鸽子　这和平的精魂
向往宁静的天空
湛蓝的海洋
它衔着阳光飞翔
用生命划亮阴郁的心空

我追寻着这对鸽子
看它把一粒种子
怎样植入我们温厚的胸怀
若干年后
一株树高过蓝天　姿态
振翻欲飞

诗 歌

寒夜的底部我又看见了诗歌
她在我眼前绽放亮丽的一朵
她旋转着　缓缓
顺着我探寻的目光上升

我的大脑眩晕
我的双眼盲目
啊　花朵
伸出我瘦弱的手
握住你妖娆的花枝

诗之花是真善美的花
她用生命的理性与疼痛
打开人类锈蚀的心锁
将太阳金黄的种子
撒满大地和天空

旋转的风铃

新年的钟声轻轻敲响
缓缓渗透敏感的耳膜
沿着每根神经和脉络
深入骨髓
化为心底的感恩
身外的绿风吹动竹林
吹动坚贞者的黑发
鸟儿金黄的鸣叫
是窗前旋转的风铃
新年的钟声紫烟般飘过
心潮起伏的海面
河对岸的春天
触手可及
新年的钟声
爬满季节的常青藤
芬芳我心

祝 福

新年的第一缕阳光拉长鸟鸣
叽叽喳喳的微信
写满深深浅浅的祝福
盛开浓浓淡淡的花朵
此刻的心情
清澈亮丽若窗外的蓝天
365个日子散落的珍珠
今日重新拾起
祝福　这亘古的美好
你的祝福是元宵的月明
夜夜升起在我的小窗前
唤醒记忆

我把春天送给你

牵着你的手，走在路上
应该说一声阳光明媚
这虽然有些煽情和陈词滥调
时光打开了爱和希望
真诚的祝福，送给你送给我
送给风中奔跑的花朵

院子的篱笆墙
放逐肆意宣泄的迎春花
那是母亲嫁过来时栽下的
如花似玉的母亲心里有个春天
黄得炫目，势不可当
她让我的童年和少年
远离饥馑　一路花开

年少的我，被春天爱
青年的我，爱上春天
喜鹊在阳光下做巢，啄木鸟叮当劳作
棕熊打着哈欠，伸一个幸福的懒腰
一地的萌芽叽里呱啦
我冲上向阳的山坡

裸露上身，挥锹，气喘如牛
一棵又一棵的树长满向阳的山坡
一个又一个的我
在向阳的山坡
制造春天

牵着你的手，看花朵回到枝头
羽毛飞旋蓝天　一棵草的芳容
不曾远去的美好在大地旋转
樱桃芭蕉轻掩柴扉
福爬上窗棂，春联站在门楣
爆竹声声祝福春天的节日
祝福你我，祝福中国

一朵花开遍春天

大地的制高点。一道闪电
一万只眼睛醒来
一万只眼睛风中奔跑
美是那么疼那么敏感
九寨沟的海子
可可西里的炊烟
油菜花点燃青海湖
少年的沉默青年的喧嚣
时光的浮尘一片片落下
悬崖上的笑。伫立和仰望
内心回响巨大的盛开
春天的雨水，在花朵的指缝间
握住天空的蓝
比如思念，欢颜
昨夜的黄金今晨的飞鸿
大江东去。一朵花缓慢地倾覆

思 念

迟来的黎明合上夜的帷幔
一只麻雀敲打春天的窗棂
一粒草籽。一朵花蕾
一群风中奔跑的孩子
终将在思念中长大

春天青涩的阳光下
我的心是一架秋千
上面坐着沉甸甸的思念
荡去荡回，无法停歇
一只钟摆，从终点
回到起点，永远
找不到出口

青草一路疯长
花朵迎风开放
我的思念
像绿荫中的蝉鸣
像夜晚里的丝竹
时断时续

在 春 天

一双脚在大地上奔跑
一千双脚在大地上奔跑
一万双脚在大地上奔跑
奔跑的脚步，叫醒了
冬眠的熊、蛇和青蛙
蛰伏的种子、草木、山川和河流
奔跑的脚步，弹奏着
春天的序曲

在春天
我和女儿种下一棵树
我端来一杯水
让女儿，看着它
用小嘴吸吮生命的琼浆
我揭开一页页日历
让女儿，看着它
阳光下一天天长大

在春天
我把一粒种子
安放在春天的怀抱

我把一首诗
安放在鹰的翅膀
我掬一捧水
开放太阳的花朵
我把一颗心
贴近春天的胸膛

在春天
那些迎风开放的花朵
那些吹又生的原上草
那些流动的裙裾
那些跳动的绿色音符
那些生长歌声的翅膀
那些奔跑的脚步
总也走不出啊，走不出
春天的重围